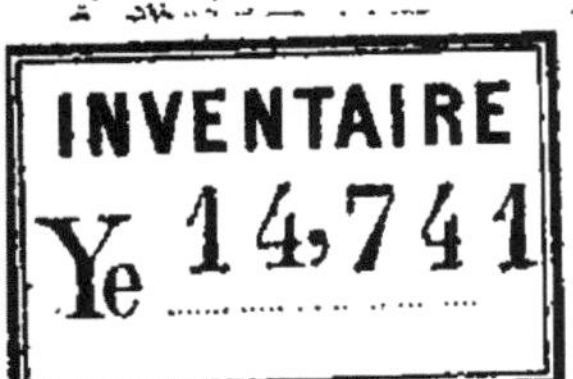

LE

BANQUET DU BOYS

NOUVEAU TEXTE

PUBLIÉ AVEC UNE INTRODUCTION ET DES NOTES

par MM.

ANATOLE DE MONTAIGLON

et

JAMES DE ROTHSCHILD

PARIS

Paul DAFFIS, ÉDITEUR-PROPRIÉTAIRE

DE LA BIBLIOTHÈQUE ELZEVIRIENNE

7, rue Guénégaud

—

M DCCC LXXV

BANQUET DU BOYS

Imprimerie Gouverneur, G. Daupeley à Nogent-le-Rotrou.

LE
BANQUET DU BOYS

NOUVEAU TEXTE

PUBLIÉ AVEC UNE INTRODUCTION ET DES NOTES

par MM.

ANATOLE DE MONTAIGLON

et

JAMES DE ROTHSCHILD

PARIS

PAUL DAFFIS, ÉDITEUR-PROPRIÉTAIRE

DE LA BIBLIOTHÈQUE ELZEVIRIENNE

7, rue Guénégaud

—

M DCCC LXXV

Extrait du
Recueil de Poésies françoises des XVe et XVIe siècles,
publié par MM. Anatole de Montaiglon
et James de Rothschild,
t. X, pp. 193-224.

Le Banquet du Boys.

———

On connaît deux éditions de cette pièce :

A. Le banquet // Du boys .·. — ℥ *Cy finist vng
petit traictie ioyeux // nomme le Boncquet* [sic] *du boys.*
S. l. n. d. [*Paris?, vers* 1525], in-4 goth. de 6 ff.
de 32 lignes à la page, sign. A.

L'édition ne contient aucune figure; le texte com-
mence immédiatement au-dessous du titre. Une réimpression en fac-simile a été donnée par le libraire
René Muffat, dans la collection intitulée : *Porte-
feuille de l'ami des livres*. Nous avons vu un exemplaire de l'original à la librairie Fontaine.

B. Le bancquet du boys. — *Cy finist vng petit
traictie ioyeux // nomme le Bancquet du boys.* S. l. n. d.
[*Paris?, vers* 1525], pet. in-8 goth. de 6 ff.

Nous ne savons où existe l'original de cette édition, mais il en a été fait une réimpression à 25 exem-
plaires, en 1838, à Chartres, chez Garnier fils, par
les soins de M. Gratet-Duplessis.

Notre poëme a été, en outre, publié dans le recueil suivant :

C. Les deux Testaments de Villon, suivis du Banquet du Boys. Nouveaux textes, publiés d'après un manuscrit inconnu jusqu'à ce jour, et précédés d'une notice critique par Paul L[acroix] Jacob, bibliophile. *Paris, Académie des Bibliophiles, Décembre* 1866, in-16.

C'est d'après un manuscrit sur papier de la Bibliothèque de l'Arsenal, porté sous le titre d'*Anciennes poésies du XVe siècle*, n° 316, Belles-lettres Françoises, que ces nouveaux textes ont été publiés. Le recueil, très-précieux à tous égards, contient environ trente-deux pièces de poésies, dont plusieurs sont l'œuvre d'auteurs connus, tels qu'Alain Chartier, Pierre Michault, Georges Chastelain, Pierre de Nesson. Notre savant ami, M. Paul Lacroix, n'a pas eu de peine à les identifier presque toutes, bien que, par un oubli assez étrange et peut-être intentionnel, aucune ne porte de nom d'auteur. Le copiste a même omis le nom de François Villon en tête du *Grand Testament ;* il est vrai qu'il fait figurer le Petit Testament sous ce titre : *Le lai François Villon.* M. Lacroix s'efforce de démontrer que le Manuscrit de l'Arsenal doit être antérieur aux premières éditions de Villon, et qu'il offre, par conséquent, un texte plus pur et plus correct que celui qui nous a été transmis par l'imprimerie.

Nous n'avons à examiner ce point qu'en ce qui concerne le *Banquet du Boys.* L'orthographe du texte de l'Arsenal paraît par endroits un peu plus ancienne que celle des imprimés, et nous ne contestons pas qu'il ait pu être écrit quelques années avant la publication de nos éditions ; mais le style ne présente pas un caractère d'archaïsme tel qu'on soit forcé d'admettre que le manuscrit est antérieur à l'invention de l'imprimerie. D'après l'hypothèse la plus probable, ce Ms. n'est que la copie d'une édition imprimée à une époque plus ancienne et qui a disparu aujourd'hui.

Comment expliquer autrement la lacune considérable qui existe dans la version reproduite par M. Lacroix? Les six premières strophes ont été omises : ces quarante-deux vers passés par le copiste constituent l'entrée en matière, l'exposition du *Banquet,* sans laquelle les strophes suivantes sont incompréhensibles. Le poëte explique, en effet, que c'est pour célébrer l'arrivée du printemps que les bergers se réunissent sous la direction de Franc Gontier et d'Hélaine sa mie. Toute la pièce n'est que le développement de cette idée et le récit des différents incidents de la fête. Malheureusement le scribe du Manuscrit de l'Arsenal n'a pas racheté la légèreté par l'excellence de la calligraphie ; son écriture est si difficile à lire que le savant Bibliophile avoue lui-même n'avoir pu toujours la déchiffrer; il en est résulté de nombreuses erreurs qui nuisent singulièrement à l'intelligence du texte.

Malgré les trois réimpressions dont le *Banquet du Boys* a été l'objet, nous n'avons pas craint de lui faire une place dans ce recueil, précisément parce qu'aucune des éditions que nous avons citées ne présente un texte absolument satisfaisant. Un hasard heureux a fait tomber entre nos mains l'exemplaire de Charles Nodier (édition A)[1], et bien que cette rédaction soit un peu moins ancienne que celle du Manuscrit de l'Arsenal, nous n'avons pas hésité à la reproduire. Elle a l'avantage d'être plus complète et moins hérissée de mots barbares; nous ne négligeons pas néanmoins les indications du Ms. découvert par M. Lacroix, quand elles sont de nature à compléter le texte et qu'elles permettent d'en éclaircir les obscurités. Nous donnons en note les variantes, afin que

1. *Description raisonnée d'une jolie collection de livres,* n° 333.

l'on puisse utilement comparer les trois versions.

Villon, dans le *Grand Testament,* huitains CXXXII et CXXXIII, lègue facétieusement à Maistre Andry Courault les *Contredictz de Franc Gontier,* et la ballade qui suit ces deux huitains, intitulée les *Contredictz de Franc Gontier,* est une satire de la vie champêtre, ou plutôt de la poésie pastorale, fort goûtée à l'époque où Villon écrivait. Ce genre avait été mis à la mode par une pièce de Philippe de Vitry[1], qui fut bientôt suivie d'une réponse du célèbre Pierre d'Ailly[2]; le succès de ces deux compositions fut tel que Nicolas de Clémengis[3] les traduisit immédiatement en vers

---

1. Philippe de Vitry, évêque de Meaux, appelé aussi de Vitrac ou de Vitray, vivait vers le milieu du XIVe siècle, et non pas en 1484 comme le dit Marot et comme l'a répété Lacroix du Maine. Un acte authentique, signé par lui le 20 septembre 1351 et relatif aux affaires de son diocèse, prouverait qu'il occupait le siége épiscopal de Meaux à cette époque, si l'on ne savait d'ailleurs qu'il a rempli ces fonctions de 1350 au 9 juin 1361. Lacroix du Maine le qualifie d'ancien poëte français, et ajoute qu'il a fait quelques poésies en notre langue, « lesquelles ne sont pas imprimées et dont Nicolas de Clémengis a traduit quelques-unes en latin. » Aujourd'hui nous ne connaissons de ses Dits de Franc Gontier et de leur traduction latine que les textes reproduits par Prosper Marchand dans son *Dictionnaire historique.*

2. Pierre d'Ailly, surnommé « l'aigle de la France » et le « marteau des hérétiques », né à Compiègne en 1350, fut reçu docteur en 1380, et nommé quatre ans après grand-maître du collége de Navarre, où il avait fait ses études. Il y eut pour élèves Gerson et Clémengis. Il prit une part considérable aux querelles ecclésiastiques et aux événements politiques de cette époque. Élevé au cardinalat en 1411, par le pape Jean XXIII, il mourut en 1420 et légua au collége de Navarre, qu'il avait comblé de ses bienfaits, une importante bibliothèque, dont le catalogue a été publié dans la *Bibliothèque nouvelle des Manuscrits* de Dom Montfaucon.

3. Nicolas de Clémengis, l'auteur du fameux *Liber de*

latins. L'on est surpris de rencontrer ces idylles au milieu des graves ouvrages des deux théologiens, et leur présence ne saurait s'expliquer que par l'accueil inusité qu'elles reçurent du public. Voici en quels termes le plus ancien éditeur de Villon, Clément Marot, s'exprime à cet égard :

« Du temps de Villon, lecteurs, fut faicte une petite œuvre, intitulée *Les Ditz de Franc Gontier*, là où la vie pastorale est estimée, et pour y contredire fut faicte une autre œuvre intitulée : *Les Contredictz de Franc Gontier*, dont le subgect est prins sur ung Tyrant et auquel œuvre la vie de quelque grand seigneur d'icelluy temps est taxée. Mais Villon, plus saigement et, sans parler des grans seigneurs, feit d'autres *Contredictz de Franc Gontier*, parlant seulement d'un Chanoyne, comme verrez cy-après. »

Il n'est pas surprenant que le plus parisien de nos poëtes satiriques, François Villon, ait pris plaisir à tourner en ridicule le genre bucolique, qui a toujours été antipathique à notre caractère national. On a pu s'engouer de la pastorale aux époques dites de renaissance littéraire, c'est-à-dire quand on demandait à l'imitation de l'étranger ce qu'il était facile de trouver dans les ressources intellectuelles, toujours si neuves et si originales du pays. Mais ces égarements ont été, par bonheur, de courte durée, et le goût du public en a fait prompte justice. La célébrité, et surtout la rareté de la pièce de Philippe de Vitry nous font un devoir de la reproduire ici. Nous plaçons en regard la ballade de Villon. Le lecteur embrassera du même coup d'œil la pastorale et la réponse.

corrupto Ecclesiæ statu, naquit au village de Clamenges en Champagne, vers 1360, et mourut vers 1440. Ses nombreux écrits théologiques ne l'empêchèrent pas de cultiver avec succès la poésie latine.

I.

*Combien est heureuse la vie de celuy qui fait sa
demeure aux champs, par Philippe de Vitrac,
Évesque de Meaux, vulgairement appellé « Les
Dicts de Franc Gontier, » du nom du Païsan
qui en est le sujet.*

oubs feuille verd, sur herbe délectable,
Sur ruy [1] bruyant et sur clère fontaine,
Trouvay fichée une borde portable [2];
Là surmangeoient Gontier et Dame Héleine
Fromage frais, laict, beure, fromagée,
Cresme, maton [3], prune, noix, pomme, poire,
Cibor [4], oignon, escalogne froyée [5]
Sur crouste grise, au gros sel, pour mieulx boire.

Au groumme [6] burent, et oisillons harpoient
Pour rebaudir [7] et le dru et la drue [8],
Qui par amours depuis s'entrebaisoient,
Et bouche et nez, et polie et barbue.
Quand eurent prins des doux mectz de nature,
Tantost Gontier, hache au col, au bois entre;
Et dame Héleine si mist toute sa cure
A ce buër [9] qui cœuvre dos et ventre.

1. Ruisseau. — 2. Cabane portative.
3. Lait aigre et caillé.
4. Ciboule.
5. Échalotte broyée.
6. Gobelet de bois. *Grume,* écorce d'arbre. Nous disons
encore du bois en grume.
7. Se réjouir.
8. L'amant et l'amante. Le mot *drut, drud, dru,* fém.
drue se rattache à l'ancien-haut-allemand *trût, drût,* et à
l'allemand moderne *traut.*
9. Laver.

II.

*Ballade XI, intitulée
les Contredictz de Franc Gonthier,
par François Villon.*

Sur mol duvet assis ung gras Chanoine,
Lez[1] ung brasier, en chambre bien nattée,
A son costé gisant Dame Sydoine,
Blanche, tendre, pollie et attaintée[2],
Boire ypocras à jour et à nuyctée,
Rire, jouer, mignonner, et baiser,
Et nud à nud, pour mieux des corps s'ayser,
Les vy tous deux par ung trou de mortaise ;
Lors je congneu que, pour dueil appaiser,
Il n'est trésor que de vivre à son aise.

Se Franc Gontier et sa compagne Héleine,
Eussent ceste doulce vie hantée[3],
D'aulx et civotz, qui causent forte alaine,
N'en mangeassent bise crouste frottée ;
Tout leur mathon, ne toute leur potée[4]
Ne prise ung ail, je le dy sans noysier[5].
S'ilz se vantent coucher soubz le rosier,
Ne vault pas mieulx lict costoyé de chaise ?
Qu'en dictes vous ? Faut-il à ce muser[6] ?
Il n'est trésor que de vivre à son aise.

1. A côté d'un brasier.
2. Bien parée.
3. Goûtée.
4. Boisson, latin *potus* et *potio.*
5. Sincèrement, sans noise, sans chicane.
6. Est-il besoin d'insister ?

J'ouys Gontier en abattant son arbre
Dieu mercier de sa vie très-sure :
« Ne sçai », dit-il, « que sont piliers de marbre,
» Pommeaux luisans, murs vestuz de paincture ;
» Je n'ay paour de trahison tissue
» Soubz beau semblant, ne qu'empoisonné soye
» En vaisseau d'or. Je n'ay la teste nue
» Devant Tyran, ne genoil qui se ploye.

    » Verge d'huissier jamais ne me desboute,
» Car jusques là ne me prend convoitise
» Ambition, ne lescherie [1] gloute.
» Labour me plaist en joyeuse franchise,
» J'ayme (Dame) Héleine, et elle moy sans faille [2]
» Et c'est assez; de tombe n'avons cure. »
Lors dis : « Hélas ! serf de Cour ne vaut maille [3],
» Mais Franc Gontier vaut en or gemme pure [4]. »

1. Gourmandise. — 2. Sans faute.
3. La plus infime pièce de monnaie.
4. Voici le texte de la traduction latine dont nous avons
parlé plus haut :

De Felicitate vitæ rusticæ, latine, interprete
Nicolao de Clamengiis.

Fronde super viridi locus est in gramine amœno :
Illustrat nitidis illum fons limpidus undis,
Et de fonte fluens placido cum murmure rivus;
Hîc casa fixa fuit gestabilis; intus edebant
Gonterus comes ac Helene, cum lacte butyrum,
Spumantis florem et lactis, massamque coacti,
Caseolumque recens pressum, et, cui caseus indit
Nomina, mixturam agrestem. Non cerea deerant
Pruna, nuces variæ, pyra styptica, dulcia mala,
Non oculis cœpe infestum, non sectile porrum,
Non alium in morem fricta Ascalonia, nigro
Pane super, sale cum multo, sitis ut magis urat :
Cortice fagineo lympham de fonte biberunt.
Interea volucres mellito gutture cantus
Desuper exercent varios, hilarantque beatos

De gros pain bis vivent, d'orge, d'avoyne,
Et boivent eau tout au long de l'année.
Tous les oyseaulx d'icy en Babyloine,
A tel escot, une seule journée
Ne me tiendroient, non une matinée.
Or s'esbate, de par Dieu, Franc Gontier[1],
Heleine o[2] luy, soubz le bel esglantier ;
Si bien leur est, n'ay cause qu'il me poise,
Mais, quoy qu'il soit du laboureux mestier,
Il n'est trésor que de vivre à son aise.

Convivas. Hinc alterutrum grata oscula ferre
Mutuus egit amor. Prædulcia fercula postquam
Naturæ quantum sat erat, libavit uterque,
Illico Gonterus, collo pendente bipenni,
Sylvarum secreta petit, pinosque, comasque
Ilicis, et platanos, ac celsi verticis alnos,
Dejecturus humi. Festinat sedula conjunx,
Cannabeas vestes, quas neverat ipsa, lavare.
Et, dum Gonterus crebris domat ictibus ornos,
Secura de pace sua sic Numina laudat :
« Nescio marmoreæ quid habent insigne columnæ,
» Fulgentesve toli, paries aut murice tinctus.
» Non equidem metuo ne me simulatus amator,
» Proditor aut nequam, fallat sub vellere ovino ;
» Nec mihi causa subest verear cur toxica tetra
» Auratis bibere in pateris. Non sæva tyranni
» Me vidit facies se coram poplite curvo,
» Crinibus aut quicquam penitus rogitare retectis.
» Fila mihi Lachesis donec trahat aspera, numquam
» Lictoris me virga coercuit, haud ea mentem
» Ambitio accendit ; nec tantum immensa cupido
» Sollicitat, turpisve premit cultura palati.
» Me labor intus alit, cum libertate jocosa.
» Ipse Helenam sincerus amo, meque illa vicissim.
» Hoc satis est; pompas tumuli aspernamur inanes. »
Tales fundebat voces Gonterus. Ut illas
Accepi, exclamo : « Haud servus valet aulicus assem,
» Æquat sed liber gemmam Gonterus in oro ! »
1. Que Franc-Gontier s'amuse donc.— 2. Avec, du lat. *una*.

Voici la pièce de Pierre d'Ailly :

III.

Combien est misérable la vie du Tyran, par
Pierre d'Ailliac, Évêque de Cambray,
et depuis Cardinal.

Ung chasteau sçay sur roche espouvantable
En lieu venteux, sur rive périlleuse ;
Là vis Tyran séant à haute table
En grand palais, en sale plantureuse,
Environné de famille nombreuse,
Pleine de fraude, d'envie et de murmure,
Vuide de foy, d'amour, de paix joyeuse,
Serve, subjecte, en convoiteuse ardure.

Viandes, vins avoit-il sans mesure,
Chairs et poissons, occis en mainte guise,
Sausses, brouets de diverse teincture
Et entremets faits par art et divise.
Le mal[1] glouton par tout quette et advise
Pour appétit trouver, et quiert manière
Comme sa bouche, de lescherie esprise,
Son ventre emplit en bourse pautonière.

Mais sac à fien[2], patente cimetière,
Sépulchre à vin, corps bouffi, crasse panse
Pour tous ses biens en foi n'a lie chère.
Car ventre saoul n'a eu faveur, plaisance,
Ne le délit, jeu, ris, ne bal ne danse,
Car tant convoit, tant quiert et tant desire
Qu'en rien qu'il ayt n'a vraye suffisance ;
Acquirer[3] veut, ou royaume ou empire.

1. Mauvais. — 2. *Fiens*, ordure, fumier. — 3. De *acquirere.*

Pour avarice sent douloureux martyre,
Trahison doute, en nully ne se fie,
Cueur a félon, enflé d'orgueil et d'ire,
Triste, pensif, plein de mélancolie.
Las, trop mieulx vaut de Franc Gontier [1] la vie,
Sobre liesse et nette povreté,
Que poursuivir par orde gloutonnie
Cour de Tyran, riche malheureté [2].

---

1. La locution : *Vie de Franc-Gontier* était devenue proverbiale ; c'était le synonyme de vie pastorale. Martial d'Auvergne, dans les Vigiles de Charles VII, et Guillaume Crétin l'emploient dans ce sens. (Voy. A. Campaux, François Villon, p. 207.) On lit dans le *Débat de l'Omme mondain et du Religieux* :

> De tous estatz le plus entier
> Et qui me revient à merveilles
> C'est la vie de *Franc Gautier,*
> Qui vit entre ses pastourelles
> Au chant des oyseaux, soubz ses fuelles,
> Ayans pain bis et gros fromage,
> Glic de jambons et de boteilles ;
> Telz gens ont bon temps et font rage.

2. Nous donnons çi-après la traduction latine de cette pièce, comme nous avons donné celle du petit poëme de Pierre d'Ailly :

> *De miseriis vitæ Tyrannorum* [et Aulicorum],
> *interprete Nicolao de Clamengiis.*

> Rupis in horrendæ scopulis sedet edita turris,
> Pervia nubiferis Austris Boreæque sonanti,
> Quam rapidus nimiumque minax præterfluit amnis.
> Ardua sunt illic opulenti tecta Tyranni ;
> Aula est purpureis ornata tapetibus ; auro
> Atria tota micant, ut Midæ credere possis.
> Hunc, dum sublimi mensa discumbit, obibat
> Turba ministra, procax, livoris plena veneno,
> Plena dolis, ac insidiis, et murmure cœco.
> Nulla fides illis, non pax, aut fœdus amoris ;
> Pressa gravi sed colla jugo, majora parandi
> Ambitione : adeo cupidis nil parta videntur.

Le Banquet du Boys est assurément une des nombreuses pièces faites à l'imitation des deux compositions que nous avons réimprimées. A en juger par le style et l'archaïsme de la langue, il ne doit leur être postérieur que de quelques années. Il est possible que l'auteur du *Grand Testament* l'ait connue. Dans tous les cas, elle est de celles que le poëte raille si spirituellement. Aussi n'est-ce pas sans étonnement que nous voyons M. Paul Lacroix attribuer le *Banquet du Boys* à Villon. Voici comment s'exprime le Bibliophile :

« Cette pièce (*le Banquet du Boys*) n'est autre que

Vina dapesque aderant numero sine ; quod vehit aer,
Quodque creat pelagus, quod tellus, sistitur illic.
Quæque suo condita modo pulmenta, colore
Salsamenta simul vario, fucata micabant.
Undique perlustrat, vestigat cuncta gulosus,
Ut sibi quid sapiat de tanta mole ciborum,
Exquiritque vias, quibus ora accensa furenti
Iugluviem, ventremque avidum, seu dira Charibdis
Expleat. At saccus fœtus, sentinaque putris,
Corpus crassitie turgens, immane sepulchrum
Bacchi, inter lautas epulas hilarescere nescit.
Nubila semper ei frons est, ac lumina torva.
Nil perdix aut pavo sapit, fastidit odorem.
Quid mireris ? Adhuc esterna obsonia ructat.
Non juvat hunc plausus, lususve, décensve chorea.
Nempe sitim rabidam, non quod fert Lydia sedat ;
Aurum quotque Tagus volvit, quotque Hermus arenas.
Nil satis est : cupit imperio, regnove, potiri.
Torquetur curis mordacibus ; æstuat inter
Spem dubiumque metum ; non ulli fidit amico,
Nam neque amat pure quemquam, nec amatur ab ullo.
Proditione peti semper timet atque venenis.
Fellea corda gerit, inflammatus et ira,
Anxius et tristis semper, nec mente quietus.
Ehéu ! Gonteri quanto præstantior est sors,
Splendida pauperies, frenataque gaudia, tuta
Libertas, quam infame gulæ per dedecus aulam
Divitis infaustam sectari velle Tyranni !

celle qu'on peut appeler les *Ditz de Franc Gontier*, à laquelle Villon a répondu dans les *Contreditz de Franc Gontier*. Clément Marot s'était borné à constater l'existence d'une « petite œuvre intitulée les *Ditz de Franc Gontier*, là où la vie pastoralle est estimée. » Le *Banquet du Boys*, dans lequel on trouve quelques-unes des qualités du style de Villon, pourrait bien être une des œuvres de sa première jeunesse. Nous remarquerons qu'il se termine comme le *Lais François Villon* par cette joyeuse interjection « et ho ! » qui rappelle « l'evohe » des Latins et le « aoui » des trouvères français [1]. De plus, le *Bancquet du Boys* dans le Manuscrit de l'Arsenal est écrit de la même main que le *Lais François Villon*. En tout cas, le passage du *Grand Testament*, où il est parlé de Franc Gontier et de l'amie Helaine, fait une allusion certaine à deux ou trois strophes de ce *Bancquet du Boys*, qui n'a été signalé par personne comme le prototype des *Contreditz de Franc Gonthier*. »

Il est regrettable que la pastorale, à laquelle Villon a répondu comme on sait, ait échappé à l'érudition ou plutôt à la mémoire de M. Lacroix. La lecture de cette pièce lui aurait infailliblement prouvé que c'est aux « *Dictz* » de Philippe de Vitry, et non pas au *Banquet du Boys*, que le passage du *Grand Testament* fait une allusion certaine.

Sans chercher à attribuer à un poëte connu la pièce que nous publions, nous croyons qu'elle est l'œuvre de l'un de ces innombrables rimeurs anonymes du XVe siècle, qui ont « vescu sans nul pensement » de la gloire littéraire, et dont l'œuvre aurait disparu comme le nom, si elle n'avait été sauvée de l'oubli par l'innocente manie d'un Charles Nodier ou de tout autre bibliomane.

---

1. Cet « Et ho » ne se trouve que dans le Ms. de l'Arsenal, et le copiste aura très-bien pu l'y ajouter de *main-mise*, comme on disait alors, c'est-à-dire de son propre chef.

Le Banquet [1] du Boys.

Après l'ennuy du mal temps yvernage
Que les buissons prennent nouvelle cotte,
Que les oyseaulx s'esveillent et font rage
De jargonner mainte joyeuse notte,
Damp Franc Gontier, avecques sa mignotte,
La doulce Hélaine, furent en leur maison ;
Lors mist Hélaine Franc Gontier à raison [2] :

« Dieux ! » dist Hélaine, « Gontier, beau doulx amys,
» D'ont vient cecy ? Vous estes tout matez [3].
» Que vous fault-il ? Vous estes tout remis [4].
» Se prenez soing, certes vous vous gastez.
» Encor n'est temps ; trop tempre [5] vous hastez ;
» Voulez vous donc devenir advocas ?
» S'est mal pensé, ce [6] me semble à vo[z] cas.

» Supposé ores que jà soyés ridez
» Et que au visage on vous juge bons homs [7],
» Que j'aye aussi les membres refroidez
» — Les lieux conclus dont parler n'est saisons —
» Si convient-il, sauf vos bonnes raisons,
» Au fort de hanche ou de lutte de croc,
» En ce printemps faire quelque racroc.

— Certes, Hélaine, » respondit Franc Gontier,
« Trop ont bergiers rabatu leur caquet,

1. B : *Bancquet.* — 2. Cette strophe et les cinq strophes
suivantes manquent dans c. — 3. *Mat*, ou *maté*, triste,
abattu, faible, terme emprunté au jeu d'échecs. — 4. *Remis*
est pris ici dans le sens de froid, indifférent, négligent :
« remisse, cold, slacke, lousse, dull, carelesse or negligent.»
COTGRAVE. — 5. Vite « quickly, shortly, soon. » COT-
GRAVE. On ne trouve dans Palsgrave que l'adjectif *temprif.*
— 6. A, B : *se.* — 7. A : *home.*

» Et si n'est pas d'aujourdhuy ne de hyer
» Qu'en pastourie a tousjours peu d'acquest;
» Chascun s'en fuit, chascun fait son pacquet,
» Et qui demeure le convient mendier;
» Les povres gens ne veult-on mais aydier.

» Il m'en fait mal : non pourtant, damoiselle,
» Foy que je doy, Trupelu[1], mon chïen;
» Je vueil ung tour accorder ma vïelle,
» Et ma rebèbe[2], dont je joue si bien,
» Et manderay, ne me chaille combien,
» Bergiers, bergières ceste saison prochaine.
— C'est très-bien dit, Gontier, » dist dame Hélaine.

« Car j'ay bien sçeu par le vieil Aloris,
» Que vous sçavez qui est preudome et sage,
» Qu'en ces derniers caresmeaulx à Paris
» Ont maintz et maintes fait maint beau vasselage;
» Et si dis[3] plus, car on y a fait rage
» De faire festes et bancquetz à puissance,
» Les plus nouveaulx qu'on vit oncques en France.

» Ce beau printemps, qui cueurs[4] à joye duit,
» Passera-il[5] ainsi meschantement?
» La terre flours renouvelle[6] et produit,
» Et s'en revest si très-jolyement,
» Puis çà puis là, qu'il[7] semble proprement,

1. Très-poilu.
2. Ce mot qui n'est cité ni par Nicot, ni par Cotgrave,
doit être le même que *rebec*, « violon à trois cordes, cons-
truit tout d'une pièce. » Ménage rattache le mot *rebel* à
l'espagnol *rabel*, et à l'arabe *reba*, ou *rebaba*, proprement
rabâb.
3. B : *dit*. — 4. C. : *ceurs*. — 5. A B C. : *Se* passera-
il. — 6. C. : *renovelle*. — 7. C. : *qui*.

» Tant y fait bon, gracieux et bel estre,
» Que ce soit voir ung paradis terrestre.

   » Où sont bergiers? Que sont ils devenuz,
» Qui souloient jouer de la musette?
» Où sont-ilz tous? Qui les a retenuz?
» Où est Riffart et s'amye Guillemette?
» Où est Gombauld à la [1] grise cornette,
» Le bon Janot [2], ly [3] hastis Renouars?
» Qu'est devenu ly fleury Grimoars?

   » Où sont bergiers? Où sont ces pastourelles?
» Où est Robin? Marion est venue [4]:
» Où sont bergières [5] et pastours entour elles [6]?
» Et [7] ly Hébers, à la barbe chanue [8]?
» Hé bergerie! Et qu'es tu devenue?
» Réveillez vous, frans bergiers sans reproche,
» Réveillez vous; le mois de may approche.

   » Certes, Gontier, il les vous fault avoir,
» Pour mettre sus quelque nouveau sembel [9];
» Mandez-les cy, et ils feront devoir
» De comparoir, car le lieu est moult bel.
» Je me fais forte que, puis le temps Abel,

---

1. c.: *sa.* — 2. c.: Jehannot. — 3. c.: *le.* — 4. Souvenir des pastourelles si nombreuses de Robin et de Marion. Voir *Théâtre français au moyen-âge*, 1839, p. 31-48. — 5. A, B: bergiers. — 6. Cf. Villon, *Ballade des Dames du temps jadis.*
  7. Ce mot est suppléé dans c; il manque à l'original.
  8. Grisonnante. c porte : chenue.
  9. *Sembel*, ou mieux *cembel, cembeau*, « appeau, amorce, piége; réunion où l'on s'amusait, surtout à jouter, puis joute, combat. » C'est le latin *cymbalum*, la clochette qui appelait les moines à leur repas; de là dérivent le sens d'appeau, et, par extension, les autres sens du mot. Cf. Burguy, *Grammaire de la Langue d'Oïl*, 2° édit., t. III, p. 62.

» Bergiers ne firent réveil si honnorable,
» Car la place est moult belle et délitable[1].

  » Réveillez-vous ; faictes vostre bancquet,
» Ainsi que ont faict les seigneurs de Paris ;
» Mandez Gombault et le grisart Jaquet,
» Et Renouars, et le vieil Aloris ;
» Mandez Rifflart, Grimoars le floris,
» A ce bancquet dessus l'erbète drue,
» Et que chascun y ameyne sa drue[2]. »

  Soubz aubépine bien flourie et flairant[3],
En lieu amène[4], comme en ung paradis[5],
Manda Gontier ; esté tint repairant
Ly bon bergier et pastour de jadis.
Si sont venuz, puis çà six, puis çà dix,
Et ameynent et brebis et chïens[6],
Chièvres, moutons, et grant part de leurs biens.

  Premier y vint Aloris ly senez[7],
Et[8] son chïen, qui est et bons et beaulx ;
Deux de ses filz — plus gais n'eust homme nez[9], —
Y amena qui firent maintz sembeaulx[10].
Dieux ! quel plaisir de veoir telz pastoureaulx,
Portans chascun houlette et panetière,
Qui ne demandent qu'à faire bonne chière !

---

1. c. : délictable. — 2. Voyez page 6, note 8.
3. c. : fleurant. — 4. Agréable, *amoenus*.
5. c : comme *un droit* paradis. — 6. c. : *leurs* brebis et *leurs* chiens. C'est là, croyons-nous, une leçon postérieure. L'édition A, sauf dans un seul passage (p. 212, vers 4), fait partout le mot *chien* dissyllabe. L'édition B n'admet pas même cette unique exception.

7. Sensé, plein de sens. On dit encore *forcené*, hors du sens, insensé. — 8. c. : Avec. — 9. Jamais homme né n'eut d'enfants plus gais. — 10. Voy. ci-dessus, p. 16, n. 8.

Or, vient Rifflart. N'a garde de songier,
Et a juré tous les ars de Tollette [1]
Qu'il [2] ne lui fault Hérault ne Messagier [3]
Pour le mander; nul ne s'en entremette.
Et si ameyne avec lui Guillemette,
Chièvres, moutons et brebis à grant laine
Car trop desirent veoir Gontier et Hélaine.

D'autre lez [4] vient damp Gombault l'azuré,
Qui a juré par sa cornette grise
Et par sa fleuste — or est-ce bien juré —
Qu'il comparra, puisqu'il scet l'entreprise.
Mais qu'amaine-il? Une couple bien prise
De belles filles, prestes à le bien faire :
C'est beau présent qui présente la paire.

Le bon Janot [5] et la sotte Margaye
A ce bancquet reviennent acourant;
Morel leur chien ameynent à grant joye [6],
Qui le pris ot l'autr'ui au mieulx courant [7].
Peu s'en faillut que tout le demourant
De leur chastel n'ait esté amené,
Mais de leurs gens n'ont fors eulx amené.

Or y accueurt ly hastys [8] Renouart,
Qui au bancquet amena ses brebis,
Et [9] deux chiens qui ne sont pas couars,
Pour les garder des maulx loups [10] enrabis [11].

1. De Tolède. — 2. c. : qu'i. — 3. a, c. : messaiger.
4. *Lez*, côté ; du latin *latus*.
5. c. : Jehannot. — 6. a, b. : à grant *tien*. — 7. Qui
eut le prix à la course, l'autre jour. — 8. c. : hastifz. —
9. c. : Et *ses*. — 10. c. : leux. — 11. Des mauvais loups
enragés.

Son vert bonnet, dont il fait le gros bis [1],
N'oublie pas, tasse, ne panetière,
Avec Hersane [2], sa godinette [3] chière.

Ly vert Hébers [4] à la chanue barbe [5],
En bergerie trestout le plus senez,
Vient d'autre part, s'aporte [6] sa rebarbe [7];
Au bancquet a ses enfans amenés,
Et filz et filles, gayement atournez
De chappeletz et flourettes petites,
Souef flairans [8], semés de marguerites.

Gouin le gois [9] en a ouy le vent,
Qui a juré crucifix et moustiers
Que pour ung moyne ne fauldra le couvent [10].
La feste scet, si ira voulentiers.
Sçavez que fist ly franc compains Entiers ?
Songneusement attela sa charète ;
Au bancquet vient et ameyne Perrète.

Tous les bergiers de vingt lieues à la ronde
Venus y sont ; n'ont soing de demourer,
Les plus sachans qui soient en ce monde
Pour bien dancer, fleuster et tabourer ;
Et, pour Gonthier plus à plain honorer,
N'y ot celuy qui n'eust à [11] soy présent,
Muse [12] ou flajol, ou quelque autre présent [13].

1. Dont il fait le fier. Cf. p. 156, vers 6. — 2. c. : Hersent. — 3. *Godinette* ou *godine*, de *godin*, « mignon. »
4. c. : Ly Berhebes. — 5. A la barbe blanche, de *canutus*. — 6. A, B. : *si aporte*. — 7. *Rebarbe*, ou *rebèbe*. Voy. plus haut, p. 15, note 2. — 8. c. : fleurans, c'est-à-dire : à l'odeur suave. — 9. Joyeux, gai; la prononciation de l'*oi* en *ai* donne le sens. c : le *gaiz*. — 10. B, c: convent. — 11. c: o. — 12. Musette. — 13. Cette strophe ne se trouve que dans c.

Tous d'un accord ont Gontier salué,
Aussi Hélaine, la dame de la feste ;
Chascun son don y a distribué,
Muse ou flajol, chĩen[1] ou autre beste.
Puis dist Gontier : « Or sus, à ma requeste,
» Souffle, Rifflart, une dance bien prise,
» En attendant que la nappe soit mise. »

Moult fut la court et grande et[2] rennoisée[3],
Plaine de joye quant chascun fut venu ;
Là ot[4] ce jour faicte mainte risée ;
Fleusté, dancé ont souvent, et menu ;
Mais à quans coups Gombault se fust tenu,
Veu qu'il avoit près de lui sa doulcette,
Qu'il n'eust dansé au son de la musette.

Chascun fit[5] feu de tripper[6] et saillir,
Chascun fit feu de frapper de la botte,
Chascun fit feu de sa dame assaillir,
Chascun fit feu de mener sa mignotte ;
A tant arrive, à tout sa belle[7] cotte,
Ly maufourbis[8] Gombault à ce bedon,
Qui à Gontier aporte moult[9] beau don.

Trop feust la court joyeuse[10] en son venir,
Car de tous lez recommence la joie.
Chascun y queurt ; nul ne se[11] peut tenir

1. A, C. : *ou* chien. — 2. Ce mot manque dans B. —
3. Bruyante. Cotgrave traduit le mot *rennoiser* par « Againe
to brawle, or contend in words. » — C. : renuoisée.
— 4. C. : *fut.* — 5. C. : *feist*, et de même aux trois
vers suivants. — 6. *Tripper*, ou *treper* « sauter, bondir,
gambader.» — 7. C. : *bleue.* — 8. C. : *manforbis.* — 9. C. :
maint.
10. B. : Trop fut joyeuse la court. — 11. B. : *s'en.*

De s'esjouyr, car Franc Gontier l'octroye [1];
L'ung crie : « France ! »; l'autre crie : « Monjoye [2] !
» Bonne aventure ait Gontier le gentilz,
» Autant sa fleuste et ses aultres oultilz [3] ! »

Au [4] lez d'un bois si plaisant qu'on peut dire,
Sur l'erbe vert [5], auprès d'une fontaine,
Fust Franc [6] Gontier, et là tint [7] son empire
Et son bancquet, en joye moult haultaine,
Sans quelque orgueil, sans rigueur, sans attaine [8]
Et sans envie, car de ce n'ont ilz [9] cure,
Contens [10] des biens que leur donne Nature.

Biens ont assez, car ilz ont souffisance;
De dueil n'ont cure ne de mérencolie ;
De tous les biens qui sont ores en France
Riens ne leur est, car ce n'est que folie.
Ung trihory [11] dessus l'erbe jolye
Au flageolet leur porte plus de bien
Que de tous biens ne sçay dire combien.

Le beau pain bis, la belle eaue toute plate [12],
L'ail et l'oignon, la petite maison,
Beaulx pois piléz toute plaine une jatte,
Ou le beau laict, quant il en est saison ;
Sur l'erbe vert du surplus nous taison.

---

1. B, C. : *ottroye.* — 2. B. : *Montjoye.*— 3. C. : *houstilz.* — 4. C. : *Ou.* Près d'un bois. Cf. Villon, *Ballade XI.*
— 5. C. : *verte.* — 6. A. : *Frant.*

7. C. : *suit.* — 8. Retard, chicane. Voy. Burguy, 2ᵉ édit., tome III, p. 24. —9. C. : *y.* — 10. C. : *Comptons.* — 11. Voy. sur cette danse bretonne, le t. Vᵉ de ce *Recueil*, p. 80, note 1. B. : Ung *trihoty.*

12. Pure, sans mélange de vin.

Faire cela, sans doubte de personne ! . .
Hé Dieux, quel vie ! Sur mon ame, elle est bonne.

Pour honnorer plus haultement le jour,
Chargea Gontier Hélaine expressément
Qu'elle aportast, sans y faire séjour,
Laict et frommaige et sel gros largement,
La blanche nappe, sentant souefvement [1],
Et le beau pain, qui deux fois fust sassé ;
D'autre plus bis [2] se fust-on bien passé [3].

Aulx et oignons y eut à grosses bottes,
Et molz frommages en grande quantité,
Herbes, cyvoz, poirette et eschalottes [4],
Pour raffreschir, car lors estoit esté.
Chascun s'assist, l'un droit, l'autre acoté,
Sur l'erbe vert, l'un l'autre n'attendit ;
Qui deust servir au service entendit [5].

A chascun mèz ont assez flajolé
Et de musète, de fleuste et de bedon ;
Assez y eut [6] bavé [7] et gayolé [8] ;
L'ung gette à l'autre tousjours quelque lardon :
Grande est [9] la feste, tout y est à bandon [10] ;

---

1. A, E. : *souefment.* — 2. Ce mot manque dans A et dans B. — 3. On se fût aussi bien contenté de pain bis. — 4. C. : *escalottes.* — 5. C. : *attendit.*

6. C. : *ot.* — 7. Plaisanté, « tricari, ineptire, nugari. » NICOT. — C. : *rigollé.*

8. « *Gaioler,* c'est babiller et caqueter, comme un oiseau en gaïole. » NICOT.

9. A, B. : Grande *y* est.

10. Ces deux mots se sont fondus dans le français moderne « abandon. » M. Lacroix écrit à tort : « tout y est *abandon.* »

Garde-mengier n'y eut, huche ne aulmoire ;
De riens garder n'estoit-il lors mémoire.

Et autour d'eulx sont leurs bestes à laine,
Chièvres, moutons, chascun en son espèce
Parquez de cloyes[1], pour seurté plus certaine ;
Ils ont beau paistre, car l'erbe y est espesse ;
N'y a brebis ne mouton qui ne paisse,
Et près du parc sont chïens en aguet ;
De paour du loup chascun y fait le guet.

Comme ilz avoient disné presque à demy,
Du bois saillyt le[2] seigneur Ysangrins[3],
Qui aux pastours est mortel ennemy ;
Une brebis cuida prendre ou pourprins[4]
Les chïens saillent ; tant ont fait qu'ilz l'ont prins :
Plus n'emblera brebis, chièvre, ne oyson ;
Presenté fut en lieu de venoison.

Moult en fut ris, car c'estoit belle prinse
Et beau présent, en feste si notable ;
Bergiers l'entrènent[5] dehors de la pourprinse
Au chief du bois, assez loing de la table.
A une hart, sans engin ne sans cable[6],
Pour ses meffaiz fut maistre Loup pendu ;

1. Claies d'osier.
2. B. : *ce.*
3. *Ysangrin*, ou *Isengrim* (casque de fer), nom du loup dans le *Romant de Renart.*
4. Parc à moutons ; « inclosure », Cotgrave. Par extension, les dépendances d'un château, qui sont comprises dans les limites des fossés ou de la clôture, portent parfois le nom de *pourprins* ou *pourpris*. Le mot *pourprins* s'est conservé dans le dialecte picard.
5. B. : *entreynent.* — 6. c. : *chable.*

Adonc lui est son larcin[1] chier vendu[2].

De toutes pars recommence la feste,
Plus rennoisée[3] que avant n'avoit esté ;
Joyeux sont tous de la noble conqueste ;
Onc ne fut veue telle joyeuseté :
« Sus, » dit Gontier, « n'y ait plus arresté :
» Qui scet chanter chante, qui fleuste[4] fleuste ;
» Prengne chascun sa musette et sa fleuste !

» Je vueil avoir quelque gente morisque,
» Qui soit dansée sur mode de bergier,
» La pastourelle, ou une aultre plus frisque. »
Adonc[5] saillyt en champ le beau Rogier
Qui deschaussa[6], pour estre plus légier,
Bottes et guestres et soulliers à noyaulx[7] ;
Yl feroit feu, s' Amours estoit loyaulx[8].

Car là estoit sa dame en amourettes,
L'une des filles à l'azuré Gombault.
Donné lui eut[9] rommarins et violettes,
Par amours fines, dont il eut le cueur bault[10].
Belle fille est, et il fut beau ribault ;
L'une beaulté à l'autre correspont.
Heurte Guillaume ; Ysabeau luy respond.

1. A, B. : *larrecin*.
2. C. : Son larrecin luy est bien cher vendu.
3. Plus bruyante ; voy. p. 20, vers 8.
4. B. : *fleuster.* — 5. C. : *Entan.*
6. A. : Qui *se* deschaussa.
7. Souliers ou bottines lacées, à nœuds.
8. A, B. : Si *en* amours estoit ; — C. : s'en amours est.
9. C. : *ot.* De même au vers suivant.
10. *Bault*, ou *baud*, fier, hardi ; « bold, insolent, impudent. » COTGRAVE. On trouve aussi le mot *baude*, gai, « merry, blithe, jocond, chearfull. »

Sans riens oster ne troubler le service,
Fut ceste dance très-bien continuée
De haye en haye, et d'office en office;
Plus belle dance ne vit onc amenée !
Le doulx Gobers Melot y a menée [1];
Si fist Aubry Biétrix sa dame chière.
Gens qui s'entreyment s'entrefont bonne chière.

Amours contraint, que jà n'est [2] endormie,
Jehan, filz Hébers, d'aller saisir Agache [3].
Un peu rougist, car elle estoit s'amye,
Secrètement, ne veult pas qu'on le saiche.
Les petis saulx fait dru [4] comme une vache
O ses soulers qui l'aultr'ui furent oingz :
En amours a tousjours assez de soingz.

Moult bien dancèrent, à la mode bergière,
Deux ou trois notes, que Gombers bedonna [5]
A tout sa fleuste, par si doulce manière
Que bois et champs et tout s'en résonna.
Puis, à un signe que Gontier leur donna,
Cessa la dance qui durast à jamais,
Mais il failloit avoir les entremetz.

Cinq s'en partirent pour faire leur devoir
Des entremèz quérir et présenter.
N'y a cellui qui ne desire avoir

1. A. : amené; c. : ame née.
2. A, b. : n'yert; c. : n'ayt.
3. Nom propre, qui dans la langue courante signifie *la Pie*.
4. b. : *druz.*
5. *Bedonner* veut dire jouer sur un tambour ; il se restreint ici au sens de jouer.

Bel entremèz, pour Gontier contenter;
Le beau Rogier se peut lors bien vanter
Que bel l'avoit, car ès buissons trouva
Un nyd de pye que la mère couva.

Le doulx Gobers va d'autre part saisir
Un nyd[1] d'oiseau d'ont il fut moult mignotz.
Quel entremèz ! Qui n'y prendroit plaisir ?
Et mesmement que c'estoient rossignolz.
Le nyd garrotte[2] de joncz joingz à lignolz[3],
Caige de mesmes dessus le nyd[4] bouta;
Ainsi l'emporte, car perdre le cuida.

Thierry le sçeut[5], aysné filz Aloris :
Jà, se Dieu plaist, ainsi ne demourra
Sans entremèz. Si vit une souris;
Prendre la cuide. Je ne sçay s'il pourra;
Et oui déa[6], car c'est qui mieux courra.
Prinse, la met au fort de sa houlète,
Grant joye en mayne, car belle prinse a faicte.

Ly dru[7] Gossart à la chière courtoise
Cuyde en courant prendre ung esmérillon,
Mais il faillyt, car il fit trop de noise;
Si s'en vola[8] ly menu[9] oysillon;
Autour de lui a veu maint papillon;
Deux en a prins les plus beaulx du troppel[10],

---

1. c. : *nic.* — 2. c. : *Tout* garrotté.

3. Ficelle, spécialement fil dont se servent les cordonniers : « shoemaker's thread. » COTGRAVE.

4. c. : *nic.*

5. c. : le *sot.* — 6. c. : Et ouy *vrayement.* — 7. c. : Ly *duc.* — 8. A. : *volèrent.* — 9. c. : *petit.* — 10. Troupeau.

Pour présenter les mist soubz ung chappel.

Et Baudichon, qui avoit Jacquelote,
Fille Gombault, dont fut moult assoté,
Pour mieulx courir a rebrassié sa cotte,
Tyré ses guestres et si s'est desboté;
Tant a chassé, couru et tricoté
Que ung[1] cha-hua [il] a saisy de course;
Longes lui fit des tirans de sa bourse.

Or, Dieu mercy, chascun beau présent a;
C'est grant miracle qu'ilz en ont peu finer.
Du retourner chascun fort se hasta
Au lieu où[2] seoyent les autres au disner.
Grant devoir firent chascun de s'encliner
Devant Gontier, et leurs mèz présentèrent;
Lors rirent tous et fort s'en contentèrent.

« Moult, » dist Gontier, « sont beaulx les entremèz.
— Voire ! » se dist Renouars ly hastiz[3];
« Les cinq bergiers ont le pris pour huymais[4]. »
Tous l'accordèrent, les grans et les petiz;
Tant les louèrent qu'encor[5] y fussent-ilz,
Mais aux varlèz qui estoient[6] entour
Signa Gontier qu'on aportast le four.

1. c. : Qu'ung. — 2. c.: *Là* où.
3. Prompt.
4. *Huymais* ou *meshui*, aujourd'hui.
5. c. : encores.
6. M. P. Lacroix supplée : qui « estoient *là* entour, » mais
cette intercalation n'est nullement nécessaire. Notre poëte
compte volontiers la terminaison plurielle des verbes *ent*
pour une syllabe. Nous en avons un exemple remarquable,
p. 16, vers 4; la terminaison *ent* y est comptée pour une
syllabe à la césure.

Ce dit, en piez [1] saillirent deux bergiers,
Dont le plus vieil n'ot pas vingt ans passez ;
Moult furent beaulx, roides, fors et légiers,
Si bien les ot Nature compassez.
O [2] leurs aides, dont ils orent assez,
Quatre flajolz présentèrent sur table ;
Ce n'est pas mocque, mais four [3] bel et notable.

Bien serviz furent et, fusse pour le Pape,
Tout fut mengié ; si faillut desservir.
Après tous mèz fut escousse [4] la nappe,
Pour l'ypocras dont il failloit servir ;
Mais point n'en orent, si s'en faillut chevir.
Ung grant pain bis gettent en la fontaine :
— « C'est ypocras et mestier [5], » dist Hélaine.

Tous se levèrent et Grâces furent dictes ;
Vielles sonnent, la fleuste et la musette.
Bergières [6] orent, tant grandes que petites,
Chapeaulx moult beaulx de fleurs et violète,
Et bergiers saillent, qui mainte myne ont faicte ;
A la dance ont chascun mené la soye ;
Oncques bergiers ne menèrent tel joye.

Quant dansé orent assez longuètement,
Tant que chascun suoyt en son harnois,
Trois des bergiers partent soudainement
Et se destracquent a l'orée [7] du boys ;

1. c. : en *prés.* — 2. c. : *Or.*
3. Pièce de pâtisserie.
4. c. : *estonssée.*
5. « Ale or beer » ; COTGRAVE.
6. A, B, C. : *Bergiers.*
7. *Orée,* bord, extrémité, latin *ora.*

Là se déguysent, chascun en son lourdois[1],
Le mieulx qu'ilz peurent, si hardy que homme rye.
Ainsi fait-on, quant on fait mommerie.

Bergiers mommèrent le mieulx qu'oncques fut veu,
Pour eulx aux dames[2] faire mieulx renommer ;
Congneuz ne sont ; à ce ont[3] bien pourveu.
N'y a cellui que l'en saiche nommer ;
Oncq on ne vit plus gayement mommer[4],
Ainsi que dient les bergiers et bergières ;
Le bruit leur donnent qui ne leur couste guières.

Bien fut[5] midy, se leva la challine[6],
D'ont maint bergier de dancer se lassa ;
Aux ménestrelz donna Gontier ung signe ;
Chascun se teust et la danse cessa.
Les ungz dormirent et le chault se passa ;
Les autres vont reboursant les buissons,
Eulx esbatans en diverses fassons.

A nydz quérir les aucuns s'applicquèrent,
Et les autres boucquetz et chappeaulx[7] firent ;
Les ungz dancèrent et les autres chantèrent,
Les ungz se couchent et les autres s'assirent,

---

1. *En son lourdois*, grossièrement : « bluntly, rudely. »
COTGRAVE. — 2. c. : dances. — 3. A, B, C. : ont-*ilz*. —
4. A. : *nommer.* — 5. A. : *sut.*
6. Lourdeur de l'atmosphère due à l'approche de l'orage :
« a little thunder, in a morning, drynesse, drought, drie
weather. » COTGRAVE. De la famille de *chaleur.*
7. *Chappeau :* couronne de fleurs, guirlande :

> Mais sus le drap je vueil *chappeaulx*
> Desquelz il sera tout couvert,
> Et qu'ilz soyent jolys et beaux
> Et de belle herbe toute verd.

Fortunes et Adversitez de Jehan Régnier, seigneur de Guerchy.

Autres au bois tout de gré se perdirent.
Je n'en dis plus ; de Adam sommes et de Eve...
Si [1] ce n'est tout, qui vouldra si l'achève.

Or çà, mon livre, *si vis baptisari*,
Si dy : « *Volo* », et on te nommera ;
Quo nomine vis ergo vocari ?
— Il est muet ; jà mot n'en sonnera.
Au fort aller [2], qui le demandera,
Sans tant tenir les chïens aux abois,
Velà son nom : C'est le *Bancquet du Boys* [3].

*Cy finist ung petit traictié joyeux
nomme le Bancquet* [4] *du Boys.*

On ne comparera pas sans intérêt avec le *Banquet du Boys* les vers suivants sur le même sujet extraits de la *Grande Diablerie* d'Eloi Damerval. Ce livre est une satire bien curieuse des mœurs au XVᵉ siècle, et l'auteur y fait figurer des personnages appartenant à tous les rangs de l'échelle sociale, prêtres, nobles, marchands, vilains. Une réimpression de cet ouvrage serait bien désirable et offrirait un grand intérêt ; malheureusement, son étendue est un obstacle à sa publication ; nous y ferons de nombreux emprunts.

*Comment les pastoureaulx et pastourelles ensemble
se jouent en divers jeux* [5].

L'une fait ung gentil bouquet,
L'autre chante : « Au joly boquet... [6] » ;

---

1. B. : *Se.* — 2. C. : alés. — 3. C ajoute à la fin : *Et ho !* — 4. A. : Boncquet.

5. *La Grande Diablerie*, par Éloi Damerval, chap. CVII.

6. C'est peut-être la chanson : *Au joly boys J'ay trouvé*

Ou : « La petite camusette... » ;
L'autre joue de la musette,
L'autre de son beau flageollet,
Qui est jeune et ung peu follet,
Mais toutesfois il a le don
D'en jouer bien et du bedon.
En après noz beaulx pastoureaulx
Vont monter aux nidz des oyseaulx
Et puis, quant ilz sont descendus,
Elles qui les ont attendus
Et eulx aussi, comme il me semble,
Vous lyent des branches ensemble
De ces arbres pour eulx branler ;
Se prennent à rire et galer [1] ;
Il n'est point vie plus proprette.
Se vont jouant à la *chevrette*,
Au *molinet*, aux *belles quailles*,
Au *longz festuz*, aux *courtes pailles*,
Au *faulx villain*, où *champ estroit*.
— Au grand jamais on ne croyroit
Les esbatements que là font,
Et les grandz plaisirs qu'ilz [y] ont —
Au *tonnebri* [2], à la *paulmette*,
Et aussi à *monte eschelette*,
A tant de joyeulx jeux, beau sire,
Que n'en scauroye le quart dire ;

m'amye, qui figure dans les *Chansons nouvellement composées
sur divers chants tant de musique que rustique* (Paris, Bon-
fons, 1548, pet. in-8).
   1. Se réjouir, s'amuser, de *gale*, magnificence, fête, bonne
chère.
   2. Sans doute à un jeu de tonneau.

Dancent, courent par les beaulx prez
L'une devant, et l'autre après,
Saultent et luytent bras à bras :
Tu pisserois [bien] en tes bras [1]
De voir leurs jeux tant gracieux,
Ne jamais ne fus plus heureux.

---

1. L'imprimé porte : Tu *pisseriez* en tes *bras*. Faut-il lire : en tes *bas*, ou voir dans le mot *bras* le latin *bracæ*, dont nous avons fait *braies*, synonyme de haut-de-chausse ?